Desastres

LA CIUDAD DE POMPEYA

Por Janey Levy
Traducido por Esther Sarfatti

Gareth Stevens
PUBLISHING

Please visit our website, www.garethstevens.com. For a free color catalog of all our high-quality books, call toll free 1-800-542-2595 or fax 1-877-542-2596.

Library of Congress Cataloging-in-Publication Data

Levy, Janey.
La ciudad de Pompeya/ Janey Levy, translated by Esther Sarfatti.
pages cm. – (Desastres)
Includes bibliographical references and index.
ISBN 978-1-4824-3425-5 (pbk.)
ISBN 978-1-4824-3422-4 (6 pack)
ISBN 978-1-4824-3423-1 (library binding)
1. Pompeii (Extinct city)—Juvenile literature. 2. Vesuvius (Italy)—Eruption, 79—Juvenile literature. I. Title.
DG70.P7L46 2015
937'.7256807—dc23

First Edition

Published in 2016 by
Gareth Stevens Publishing
111 East 14th Street, Suite 349
New York, NY 10003

Designer: Katelyn E. Reynolds
Editor: Therese Shea

Photo credits: Cover, pp. 1, 20, 21 Hulton Archive/Getty Images; cover, pp. 1–32 (background texture) 501room/Shutterstock.com; p. 5 Vita Serendipity/Shutterstock.com; p. 7 canadastock/Shutterstock.com; p. 9 L. Romano/De Agostini/Getty Images; p. 13 PUBBLI AER FOTO/De Agostini/Getty Images; p. 15 A. DAGLI ORTI/De Agostini/Getty Images; p. 17 CLARA PRIME/AFP/Getty Images; p. 19 Louis Jean Desprez/Getty Images; p. 23 balounm/Shutterstock.com; p. 25 Robert Lehman Collection, 1975/The Metropolitan Museum of Art; p. 26 (fruit fresco) Leemage/UIG/Getty Images; p. 26 (dog mosaic) De Agostini Picture Library/Getty Images; p. 27 Ken Welsh/age fotostock/Getty Images; p. 29 CARLO HERMANN/AFP/Getty Images.

Printed in the United States of America

CPSIA compliance information: Batch #CS15GS: For further information contact Gareth Stevens, New York, New York at 1-800-542-2595.

CONTENIDO

Las palabras del glosario se muestran en **negrita** la primera vez que aparecen en el texto.

FUEGO Y CENIZA

Se respiraba desasosiego en la ciudad romana de Pompeya la mañana del 24 de agosto del año 79 d. C. La región había sufrido temblores de tierra durante varios días. Aquella mañana, una explosión del cercano monte Vesubio llenó el aire de ruido, fuego y humo. La gente nunca había vivido nada parecido y no sabía qué pensar. Más tarde, alrededor del mediodía, el Vesubio hizo erupción , lanzando gas, ceniza y roca ardiente por el aire. Pronto la ceniza comenzó a llover sobre Pompeya.

Asustados, la mayoría de los residentes se fueron. Pero se quedaron unas 2,000 personas, las cuales decidieron seguir haciendo su vida normal. Esa decisión resultó ser un error fatal.

¿Cuál es la historia detrás de este **desastre**? ¿Cómo era Pompeya? ¿Por qué se quedaron 2,000 personas a pesar de las señales de peligro? ¿Qué pasó exactamente aquel día terrible?

Datos Importantes

Entre los que decidieron quedarse en Pompeya hubo panaderos que no llegaron a sacar del horno los panes que pusieron a hornear, y pintores que comenzaron trabajos que nunca llegaron a terminar.

Esta fotografía muestra Pompeya en la actualidad. El monte Vesubio se eleva por encima de las ruinas de la antigua ciudad romana.

¿LA DESTRUCCIÓN DE POMPEYA OCURRIÓ REALMENTE UN 24 DE AGOSTO?

La fecha del 24 de agosto aparece en cartas que escribió el autor romano Plinio el Joven, que presenció los acontecimientos a una distancia de 15 millas (24 km). No obstante, esas cartas ya no existen y se conocen solamente a través de copias que aparecieron más tarde. Algunos hallazgos arqueológicos sugieren que el desastre tuvo lugar en otoño. La gente llevaba ropa gruesa, apropiada para el tiempo fresco de otoño. Se encontraron restos de frutas de otoño, pero no de verano. Además, las enormes tinajas que se utilizaban para **fermentar** el vino ya estaban selladas, lo cual sugiere que tuvo lugar después de la vendimia, en otoño.

UNA JOYA EN LA COSTA

La costa de Italia ha ido cambiando con el paso de los siglos, y hoy en día las ruinas de Pompeya se encuentran a poca distancia del mar. Pero en el 79 d. C., la ciudad estaba ubicada en la misma bahía de Nápoles. Estaba a unas 5 millas (8 km) del Vesubio, en una región de tierra de cultivo fértil.

Por su ubicación, Pompeya resultaba un lugar atractivo para vivir. Eso la ayudó a desarrollar un puerto activo y convertirse en un importante centro agrícola y comercial. En el 79 d. C., vivían unas 20,000 personas en Pompeya y sus alrededores. Los productos agrícolas de la región circundante se exportaban desde el puerto de la ciudad. El puerto también recibía especias y alimentos de otros países, así como animales salvajes para los espectáculos del anfiteatro de Pompeya, y esclavos para hacer diferentes trabajos.

Datos importantes

Uno de los productos que exportaba Pompeya era el garum, una salsa de pescado o de sus vísceras que formaba parte habitual de la dieta de los antiguos romanos.

Esta fotografía muestra la ciudad de Nápoles con el Monte Vesubio atrás.

¿QUÉ HAY PARA COMER?

Los arqueólogos han descubierto muchas cosas acerca de la alimentación de los habitantes de Pompeya. Su dieta era rica en fruta, verduras y frutos secos e incluía aceitunas, aceite de oliva, nueces, higos, almendras, cerezas, albaricoques, coles, alcachofas, lentejas, limones, lechuga, frijoles y chícharos. También comían cereales, pollo, huevos, carne de res y puerco, aves, ostras, caracoles y mariscos. Asimismo, consumían alimentos menos comunes, ¡como erizos de mar, ratones asados con miel, y jirafas!

Igual que otras ciudades romanas, Pompeya estaba rodeada de una muralla. Dentro de la muralla había varios miles de edificios. Además de las **villas** y otras casas más humildes, la ciudad tenía templos, escuelas, tiendas, restaurantes, tabernas, un anfiteatro, un campo para hacer ejercicio, un mercado, un vivero de flores, torres de agua, fuentes públicas y calles pavimentadas.

Pompeya también tenía baños públicos, como era habitual en las ciudades romanas. Cada casa romana tenía su propio suministro de agua, pero se pagaban impuestos según el tamaño de las tuberías, por lo que la mayoría de las casas tenían tuberías pequeñas y un suministro de agua limitado. Por eso la gente aprovechaba los baños públicos, cuyos precios eran asequibles para todos. Además de asearse, la gente iba a los baños públicos para relajarse, ponerse al día de las noticias, chismear y hacer negocios.

Datos Importantes

Las casas de baño también tenían servicios públicos, con asientos de mármol dispuestos en fila encima de un canal por el cual fluía agua constantemente. Delante de los asientos, había otro canal con menos agua que tenía esponjas pegadas a palos, que la gente usaba para limpiarse.

El patio de esta casa en Pompeya tiene un impluvio, un depósito de agua que regoje las aguas de lluvia.

LAS PAREDES HABLAN

Al igual que en las ciudades modernas, en Pompeya había mucho **grafito** en las paredes. Estos son algunos ejemplos, traducidos al español:

- Marcus Cerrinius para **edil**. Algunos lo quieren, él quiere a otros. Yo no lo soporto.
- El oficial de finanzas del emperador Nerón dice que esta comida es venenosa.
- Adufidius pasó por aquí. Adiós.
- Publius Comicius Restitutus estuvo en este lugar con su hermano.
- Un problema pequeño se vuelve más grande si no lo resuelves.

LA LARGA HISTORIA DE POMPEYA

Aunque la ciudad de Pompeya solo había sido próspera durante unos 150 años antes de su destrucción, su historia se remonta posiblemente al año 2000 a. C. En algún momento entre el 2000 a. C. y 1500 a. C., un pueblo que hablaba una lengua llamada osca estableció una aldea cerca del lugar donde el río Sarno desembocaba en la bahía de Nápoles. En el siglo VIII a. C., los oscos cayeron bajo la influencia de los griegos, que se habían instalado en un lugar cercano.

A lo largo de los próximos siglos, Pompeya sufrió una serie de guerras y conquistas. Finalmente, en el 89 a. C., Roma conquistó Pompeya y el resto del sur de Italia, y los que vivían en Pompeya se convirtieron en ciudadanos romanos. La arquitectura, la sociedad y el estilo de vida poco a poco se volvieron romanos.

Datos Importantes

La primera vez que se mencionó el nombre de Pompeya en la historia escrita fue en el 310 a. C., cuando llegaron barcos romanos a su puerto.

LÍNEA DE TIEMPO DE LA HISTORIA DE POMPEYA

2000 A. C. A 1500 A. C. - Colonos de habla osca fundan una aldea en la desembocadura del río Sarno, en la bahía de Nápoles.

SIGLO VIII A. C. - Los griegos se asientan en un lugar cercano, y Pompeya cae bajo su influencia.

SIGLO VII A. C. - Llegan los etruscos del norte de Italia y se asientan en la zona. Su influencia sobre Pompeya es muy fuerte.

474 A. C. - Los griegos vencen a los etruscos en una batalla naval y se convierten en el poder supremo de la zona.

ALREDEDOR DE 400 A. C. - Los samnitas, del sur de Italia, conquistan la zona y Pompeya se convierte en un pueblo samnita.

343 A. C. - Los samnitas comienzan a luchar entre sí; comienza la influencia romana en la zona.

310 A. C. - El nombre de Pompeya se menciona por primera vez en la historia escrita cuando llegan barcos romanos al puerto.

290 A. C. - Terminan las guerra samnitas; Pompeya se convierte en aliada de Roma.

90 A. C. A 89 A. C. - Pompeya y sus vecinos, descontentos porque no tienen la ciudadanía romana ni sus privilegios, participan en un levantamiento contra Roma; Roma sale victoriosa de la guerra y otorga la ciudadanía romana al pueblo de Pompeya.

62 D. C. - Un fuerte terremoto sacude Pompeya, causando graves daños y matando a miles de personas.

79 D. C. - El monte Vesubio entra en erupción y destruye Pompeya.

¿QUÉ HAY EN UN NOMBRE?

¿Cómo consiguió Pompeya su nombre? Algunos dicen que Pompeya se formó cuando cinco pueblos o grupos se juntaron; su nombre viene de *pompe*, una palabra en italiano antiguo que significa "cinco". Otros creen que el origen del nombre es un mito acerca del antiguo dios griego Hércules. Después de vencer a un monstruo en España, Hércules pasó por Italia cuando llevaba el ganado del monstruo en procesión hasta Grecia. La palabra *pompe* en griego significa "procesión", por lo que se supone que la procesión de Hércules dio nombre a la ciudad de Pompeya.

EL PELIGRO OCULTO

Seguramente ya se habrán dado cuenta de que el Vesubio es un volcán. Entonces, si los residentes de Pompeya lo sabían, ¿por qué no huyeron? La respuesta la podemos encontrar en la historia del Vesubio.

El Vesubio probablemente comenzó a formarse hace casi 200,000 años. A lo largo de los siglos, hizo erupción muchas veces. Las erupciones de 5960 a. C. y de 3580 a. C. se cuentan entre las más fuertes de la historia de Europa. Una poderosa erupción alrededor de 1780 a. C. destrozó casi todo en un radio de 15 millas (24 km) a su alrededor.

A pesar de esta violenta historia, el Vesubio había estado inactivo durante siglos antes del año 79 d. C. La gente de Pompeya no sabía que era un volcán. De hecho, no tenían mucha experiencia con volcanes. Incluso el **naturalista** y oficial romano Plinio el Viejo, el tío de Plinio el Joven, no comprendió la naturaleza de la erupción y murió tratando de salvar a sus amigos.

Datos Importantes

Entre el Vesubio y la cumbre del monte Somma hay un espacio profundo que se conoce como el Valle del Gigante.

Hoy en día, el cráter del Monte Vesubio mide aproximadamente 1,000 pies (305m) de profundidad y 2,000 pies (610m) de anchura.

EL VOLCÁN ANTES DEL VESUBIO

El Vesubio no fue el primer volcán que hubo en esa ubicación. En realidad, está situado dentro de los restos de un volcán mucho más antiguo. Hace quizá unos 400,000 años, un volcán que ahora se conoce como el monte Somma comenzó a formarse en ese lugar. Creció hasta convertirse en un volcán enorme, mucho más grande que el Vesubio. Fue destruido en una explosión hace unos 20,000 años. La cresta que quedó de esa erupción ahora rodea la parte norte del Vesubio.

UNA SEÑAL INMINENTE DEL DESASTRE

La primera señal de un desastre inminente había llegado 17 años antes. En el año 62 d. C., un poderoso terremoto sacudió Pompeya y sus alrededores, causando una inmensa destrucción. Incluso partes de Nápoles, a 20 millas (32 km) de distancia, sufrieron daños. En Pompeya la casi totalidad de los edificios resultaron dañados. Incluso partes de la muralla alrededor de la ciudad se derrumbaron. Se produjeron incendios por todas partes. Las ovejas en los campos cercanos murieron a causa de los gases venenosos liberados por el terremoto. Miles de personas fallecieron. Muchos de los supervivientes se asustaron y decidieron irse de la ciudad para siempre.

Hoy en día, los científicos saben que un terremoto puede ser señal de que se mueve el **magma** dentro o debajo de un volcán y que el volcán puede estar a punto de hacer erupción. Esto no lo sabían los antiguos romanos. Así que los que se quedaron en Pompeya comenzaron a reparar sus casas y, poco a poco, sus vidas volvieron a la normalidad.

Datos Importantes

Se calcula que el terremoto de Pompeya fue casi tan poderoso como el que prácticamente destruyó la ciudad de San Francisco, California, en 1906.

La gente que se quedó en Pompeya plasmó sus recuerdos del terremoto en su arte. Esta escultura, encontrada en una de las casas, muestra cómo se derrumbaba un templo durante el fuerte terremoto.

UNA TEORÍA ROMANA DE LOS TERREMOTOS

Hoy en día, los científicos saben que la corteza de la Tierra está hecha de secciones que se llaman placas, y que los terremotos ocurren cuando esas placas se mueven violentamente. ¿Pero cuál era la causa de los terremotos, según los romanos? Conocemos la opinión de Séneca, un filósofo, escritor y líder político romano. Según Séneca, los terremotos surgían por el movimiento del aire atrapado debajo de la tierra. Esto causaba grandes sacudidas y a veces liberaba vapores venenosos de las profundidades de la Tierra. Según él, esos vapores fueron la causa de la muerte de las ovejas en Pompeya.

MÁS INDICIOS DEL DESASTRE VENIDERO

La actividad sísmica continuó durante años después del poderoso terremoto del año 62 d. C. Aunque esa actividad no fue muy grave, la gente de Pompeya no se dio cuenta de que se trataba de una señal de alarma. Siguieron haciendo sus vidas y continuaron reconstruyendo la ciudad. El emperador Nerón incluso visitó la ciudad en el año 64 d. C.

En el verano del 79 d. C., comenzaron a ocurrir cosas extrañas. Aparecieron peces muertos flotando en el río Sarno, los manantiales y los pozos se secaban sin razón aparente y las parras en las laderas del Vesubio se marchitaban y morían misteriosamente. Los terremotos, aunque eran suaves, comenzaron a ocurrir con más frecuencia.

Hoy en día los científicos reconocerían estas señales como avisos de que el Vesubio podría entrar en actividad. Pero la gente de Pompeya no tenía forma de interpretar las señales y siguió viviendo como siempre.

Datos Importantes

Un terremoto fue la primera señal de aviso antes de la erupción mortal del monte Santa Elena en el estado de Washington en 1980. ¡Pronto comenzaron a producirse más de 30 terremotos al día!

Un vulcanólogo, un científico que estudia volcanes, supervisa los movimientos del terreno ocasionados por terremotos.

¡NO RESPIREN!

Los gases venenosos producidos por el magma subterráneo fueron probablemente la causa de algunos de los eventos inexplicables del verano del 79 d. C. Estos gases son una mezcla de sulfuro de hidrógeno, dióxido de azufre, cloruro de hidrógeno y fluoruro de hidrógeno. El sulfuro de hidrógeno huele a huevos podridos y en cantidades grandes es letal. El dióxido de azufre puede causar problemas respiratorios que pueden provocar la muerte. El cloruro de hidrógeno puede quemar los ojos, la nariz y los pulmones. El fluoruro de hidrógeno daña los pulmones y puede causar quemaduras en la piel.

EL VESUBIO HACE ERUPCIÓN

El desastre finalmente tuvo lugar el 24 de agosto de 79 d. C. Esa mañana, el magma salió despedido por el cráter del Vesubio con un gran estallido. Una nube ardiente de fuego y humo se elevó desde el volcán. Pero esto era poco más que un espectáculo inofensivo de fuegos artificiales. Lo realmente grave comenzaría unas horas después.

Alrededor del mediodía, hubo una explosión enorme que lanzó una nube masiva en forma de hongo más de 20 millas (32 km) en el aire. Estaba llena de ceniza, **piedra pómez** y gases abrasadores. Según subía, la nube se enfriaba y su contenido comenzó a caer hacia la Tierra. Lo primero en caer fue la ceniza, el material más ligero. Pronto comenzaron a llover sobre Pompeya ceniza, piedra pómez y otros materiales volcánicos. En poco tiempo, la ciudad quedó enterrada a una profundidad de casi 10 pies (3 m).

Datos Importantes

Se calcula que la explosión ocurrida aquel mediodía en el Vesubio fue 100,000 veces más poderosa que la **bomba atómica** que destruyó Hiroshima, Japón, al final de la Segunda Guerra Mundial.

Esta pintura del siglo XVIII, muestra cómo el artista imagina que fue la erupción del Monte Vesubio y el pánico de los residentes de Pompeya.

EL ÚNICO TESTIGO OCULAR

Las cartas de Plinio el Joven constituyen la única descripción de los hechos de un testigo ocular. Él y su madre se encontraban en casa de tu tío, Plinio el Viejo, en Misenum, a unas 15 millas (24 km) de Pompeya. Plinio el Joven escribió lo siguiente acerca de la explosión: "mi madre señaló [a mi tío] una nube de tamaño y apariencia muy inusuales... Gracias a su **perspicacia**, mi tío se dio cuenta enseguida de que lo que ocurría era lo suficientemente importante como para examinarlo más de cerca, y mandó que le prepararan un barco."

Toda aquella noche y parte del día siguiente, el **flujo piroclástico** y lluvias de ceniza cayeron sobre Pompeya. Al menos otros 9 pies (2.7 m) de materia volcánica cayó encima de lo ya existente. Muchos de los que se habían quedado en Pompeya intentaron huir. Algunos llevaban consigo objetos de valor, como joyas, monedas y amuletos de buena suerte, mientras que otros —probablemente esclavos— se fueron con las manos vacías.

Los que no pudieron huir buscaron refugio, tal vez en un sótano o debajo de una escalera. Casi 100 personas se reunieron en el gimnasio de la ciudad, al aire libre. Pero ya era demasiado tarde. Comenzaron a caer rocas pesadas y otros escombros del cielo. Los edificios se derrumbaron. El aire se llenó de ceniza asfixiante y gases venenosos ardientes.

Datos Importantes

Cuando todo acabó, Pompeya estaba enterrada bajo unos 23 pies (7 m) de ceniza y otras materias volcánicas.

Esta imagen muestra escombros y ceniza que caen sobre los atemorizados ciudadanos de Pompeya. No había ningún lugar seguro donde refugiarse.

LA MISIÓN DE RESCATE DE PLINIO EL VIEJO

Plinio el Joven contó que su tío recibió un mensaje de una amiga cuya casa estaba al pie del Vesubio. "Estaba aterrorizada por el peligro que la acochaba y le rogó que la rescatara… Él cambió sus planes, y lo que había comenzado con espíritu de investigación lo terminó como héroe. Dio órdenes de que se enviaran los buques de guerra… con la intención de poder ayudar a más gente… ya que este tramo de costa tan lindo estaba densamente poblado."

¿ASFIXIADOS O CALCINADOS?

Plinio el Joven también describió la muerte de su tío. Atrapado en la costa cercana al Vesubio y sin poder salir por las violentas olas, Plinio el Viejo se desplomó y murió aparentemente **sofocado** por la ceniza, el humo y los gases venenosos. Los historiadores por mucho tiempo creyeron que las 2,000 personas que se quedaron en Pompeya murieron de la misma manera. No obstante, un reciente estudio sugiere que podían haber muerto de manera diferente, aunque igual de horrible: creen que la gente se calcinó al instante por el calor tan tremendo del volcán.

Giuseppe Mastrolorenzo, un científico italiano que estudia los volcanes, examinó los efectos del calor intenso sobre los huesos de seres humanos y animales. Sus experimentos muestran que la gente de Pompeya estuvo expuesta a temperaturas entre 250 °F (121 °C) y 300 °F (149 °C). Un calor tan extremo puede matar a alguien en cuestión de segundos. Estar dentro de las casas no suponía ningún tipo de protección.

Datos Importantes

El estudio de Mastrolorenzo descubrió que la gente en los pueblos más cercanos al Vesubio estuvo expuesta a temperaturas entre 450 °F (232 °C) y 500 °F (260 °C)!

Si visitas Pompeya hoy en día, puedes ver moldes como estos, hechos de algunas de las víctimas del Vesubio.

DESENTERRANDO A LAS VÍCTIMAS DEL VESUBIO

La ceniza y los escombros que cubrieron Pompeya se endurecieron y, con el tiempo, los cuerpos de las víctimas del volcán se fueron descomponiendo, dejando huecos en la materia volcánica endurecida. Cuando los arqueólogos que excavaron Pompeya llegaban a uno de estos huecos, lo llenaban de yeso. De esta manera, crearon moldes con la forma de las víctimas en el momento de su muerte. Ver las figuras de yeso que salieron de estos moldes puede ser perturbador, pero ayudan a los científicos a aprender acerca de la erupción y nos ayudan a todos a comprender esa tragedia humana.

EL REDESCUBRIMIENTO DE LA CIUDAD ENTERRADA

En 1595, en una obra de construcción, se descubrió una ciudad enterrada sin identificar, pero no hubo ningún intento de excavarla. Sin embargo, con el tiempo, la actitud de las personas fue cambiando. En 1709, un granjero que trataba de cavar un pozo dio con el teatro de Herculaneum, otra ciudad destruida por el Vesubio. Enseguida la gente comenzó a buscar tesoros antiguos y se dio cuenta de que podría haber más tesoros en otros lugares enterrados. Algunos incluso pensaron que se podría aprender algo de estos restos antiguos.

En 1748, comenzaron las excavaciones de la ciudad enterrada que se había descubierto en 1595. En 1763, los excavadores encontraron una inscripción que identificaba la ciudad como Pompeya. Sin embargo, al mismo tiempo que trabajaban los arqueólogos, hubo gente que buscaba tesoros y obreros sin experiencia que excavaron de forma descuidada y destructiva. Esta situación duró hasta 1860, cuando el arqueólogo italiano Giuseppe Fiorelli se hizo cargo de las excavaciones.

Datos Importantes

Giuseppe Fiorelli fue el arqueólogo que tuvo la idea de llenar de yeso los huecos de los restos volcánicos de Pompeya.

Los escritos sobre Pompeya del famoso historiador alemán del arte antiguo Johann Wincklemann y las obras del artista italiano Giovanni Battista Piranesi, como los dibujos mostrados aquí, ayudaron a convertir a Pompeya en un lugar popular entre los turistas ingleses de finales del siglo XVIII.

POMPEYA Y LA GRAN GIRA EUROPEA

A partir de finales del siglo XVI, se puso de moda entre los jóvenes nobles ingleses hacer largos viajes por Europa para completar su educación. Italia era el destino principal y, dentro de Italia, Roma era el lugar más importante. Una vez que se descubrieron las ruinas de Pompeya y Herculaneum, los viajeros más ambiciosos también intentaban visitar estos lugares, y muchas veces compraban alguno de los tesoros recuperados para decorar sus hogares.

Los arqueólogos que desenterraron Pompeya no solo encontraron los restos de la ciudad y de las 2,000 personas que quedaron atrapadas en ella, sino también obras de arte extraordinarias, entre ellas frescos, pequeñas pinturas, **mosaicos**, esculturas, joyas y jarrones. A pesar de la destrucción que causó, el Vesubio también preservó muchas cosas. Las capas de ceniza y residuos volcánicos protegieron la ciudad y sus tesoros durante siglos. Las obras mostradas aquí son algunos ejemplos del arte de Pompeya. Los temas van de lo más elevado a lo más corriente: dioses, grandes escritores, productores de lana.

Fresco de un bodegón con albaricoques y frutos secos.

Datos Importantes

Durante el comienzo de las excavaciones en Pompeya, a menudo los frescos se arrancaban de las paredes para venderlos a coleccionistas y museos. Eso cambió cuando Giuseppe Fiorelli se hizo cargo de las excavaciones en 1860.

mosaico de un perro

Las ruinas de un templo, en honor al dios Apolo, es otro de los tesoros descubiertos por los arqueólogos.

POMPEYA EN EL SIGLO XX

Pompeya atravesó una serie de altibajos durante el siglo XX. En los primeros años del siglo, los arqueólogos se esforzaron en despejar la calle principal y restaurar todos los edificios excavados a lo largo de esa calle. En 1924, se descubrieron nuevos métodos de excavación que ayudaron a los excavadores a comprender mejor el sitio. Durante la Primera Guerra Mundial, los bombardeos causaron daños en Pompeya, y el Vesubio volvió a hacer erupción. Debido a los recortes de presupuesto, se acabaron las excavaciones a gran escala que hubo en la década de 1960. En 1980 hubo un fuerte terremoto. Finalmente, las Naciones Unidas reconoció la importancia de Pompeya y la declaró Patrimonio de la Humanidad en 1997.

POMPEYA HOY EN DÍA

Hoy en día, la conservación es la mayor preocupación de Pompeya. La falta de financiamiento durante largo tiempo y los daños causados por las fuertes lluvias de1 2010, además de otros destrozos que tuvieron lugar en el siglo XX, han dejado la ciudad en grave necesidad de reparación. Recientemente, la Unión Europea dio una importante subvención para evitar que continúe el deterioro.

Mientras tanto, los arqueólogos continúan trabajando en Pompeya, donde tratan de estudiar y preservar las secciones ya excavadas antes de que se pierdan para siempre. Algunos hacen fotografías para capturar las condiciones actuales de Pompeya. Otros crean reconstrucciones por computadora aprovechando fotografías tomadas anteriormente. Los arqueólogos que llevan a cabo excavaciones pequeñas han sustituido el papeleo tradicional con computadoras portátiles. Algunos arqueólogos también utilizan la tecnología moderna para estudiar los restos mortales de las víctimas del Vesubio. Su historia no ha terminado. Pompeya todavía tiene mucho que contarnos.

Datos Importantes

A diferencia del grafito de hoy en día, el de Pompeya se encontraba en lugares visibles donde había mucha gente y era una actividad social aceptada y practicada por todo el mundo.

Se necesita mucha gente especializada para llevar a cabo el trabajo de restauración de Pompeya: científicos, artistas, historiadores, ingenieros y arquitectos.

¿PODRÍA VOLVER A PASAR?

¿Podría pasar de nuevo una tragedia como la de Pompeya? Ya ocurrió en 1631, cuando una erupción destrozó los pueblos en las laderas del Vesubio y mató a unas 3,000 personas. El volcán todavía está activo. Giuseppe Mastrolorenzo, el científico que cree que el calor mató a las víctimas de Pompeya, dice que el calor extremo podría haber viajado más de 12 millas (19 km). La ciudad de Nápoles está a solo 6.2 millas (10 km) del Vesubio. Eso significa que más de 3 millones de personas están en peligro si el Vesubio vuelve a hacer erupción.

GLOSARIO

bomba atómica: una bomba cuya potencia explosiva viene de la energía liberada por la división de átomos

desastre: un suceso que causa grandes daños o pérdidas

edil: oficial romano responsable de las calles, el suministro de agua y provisiones de cereales, y de organizar los juegos para los ciudadanos de su ciudad

fermentar: convertir un azúcar o almidón en alcohol o ácido, en ausencia de oxígeno

flujo piroclástico: una erupción compuesta de una mezcla de fragmentos secos y calientes de roca, ceniza, gases calientes y aire que se mueve por el suelo a grandes velocidades

grafito: escritos o dibujos, normalmente no autorizados, en una superficie pública

magma: roca líquida y caliente dentro de la Tierra

mosaico: imagen o diseño hecho de trozos de piedra, azulejo o vidrio que se coloca en una pared o un suelo

naturalista: persona que estudia historia natural

perspicacia: agudeza visual o mental

piedra pómez: piedra volcánica muy ligera, normalmente blanca o grisácea

sofocar: impedir la respiración

villa: hacienda agrícola en tiempos romanos

PARA MÁS INFORMACIÓN

LIBROS

Malam, John. *You Wouldn't Want to Live in Pompeii! A Volcanic Eruption You'd Rather Avoid*. New York, NY: Franklin Watts, 2008.

O'Connor, Jim. *What Was Pompeii?* New York, NY: Grosset & Dunlap, 2014.

Wagner, Heather Lehr. *Pompeii*. New York, NY: Chelsea House, 2011.

SITIOS DE INTERNET

Antigua Roma: la ciudad de Pompeya
www.ducksters.com/history/ancient_rome/pompeii.php
Lee acerca de Pompeya y encuentra más información sobre la antigua Roma a través de los enlaces.

La vida diaria en la antigua Pompeya
www.pompei.it/pompeii/daily-life-pompeii.htm
Aprende cómo era la vida diaria en la ciudad antigua y ve un video de la Pompeya actual.

Pompeya: desentrañando misterios antiguos
www.harcourtschool.com/activity/pompeii/
Explora Pompeya y el Vesubio en este sitio web interactivo.

ÍNDICE